文、圖／若波特．沃特金斯　譯／葛容均　主編／胡琇雅　美術編輯／李宜芝
董事長／趙政岷　　總編輯／梁芳春
出版者／時報文化出版企業股份有限公司
108019台北市和平西路三段240號七樓
發行專線／（02）2306-6842
讀者服務專線／0800-231-705、（02）2304-7103
讀者服務傳真／（02）2304-6858
郵　　撥／1934-4724時報文化出版公司
信　　箱／10899臺北華江橋郵局第99信箱
統一編號／01405937

時報悅讀網／www.readingtimes.com.tw
電子郵件信箱／ctliving@readingtimes.com.tw
法律顧問／理律法律事務所　陳長文律師、李念祖律師
Printed in Taiwan
初版一刷／2017年2月24日
初版十六刷／2023年11月23日

採環保大豆油墨印製

時報文化出版公司成立於一九七五年，
並於一九九九年股票上櫃公開發行，於二〇〇八年脫離中時集團非屬旺中，
以「尊重智慧與創意的文化事業」為信念。

RUDE CAKES
By Rowboat Watkins

First Published in English by Chronicle Books LLC, San Francisco, California
This edition arranged with Chronicle Books – Children
Through Big Apple Agency, Inc., Labuan, Malaysia.

沒禮貌的蛋糕

若波特·沃特金斯上蛋糕囉!

翻譯小幫手葛容均❤

ㄜ

喔喔!

沒ㄟㄌㄧˇ禮貌ㄇㄠˋ的ㄉㄜ˙蛋ㄉㄢˋ糕ㄍㄠ從ㄘㄥˊ來ㄌㄞˊ不ㄅㄨˋ說ㄕㄨㄛ「請ㄑㄧㄥˇ」，

給我！

不要！

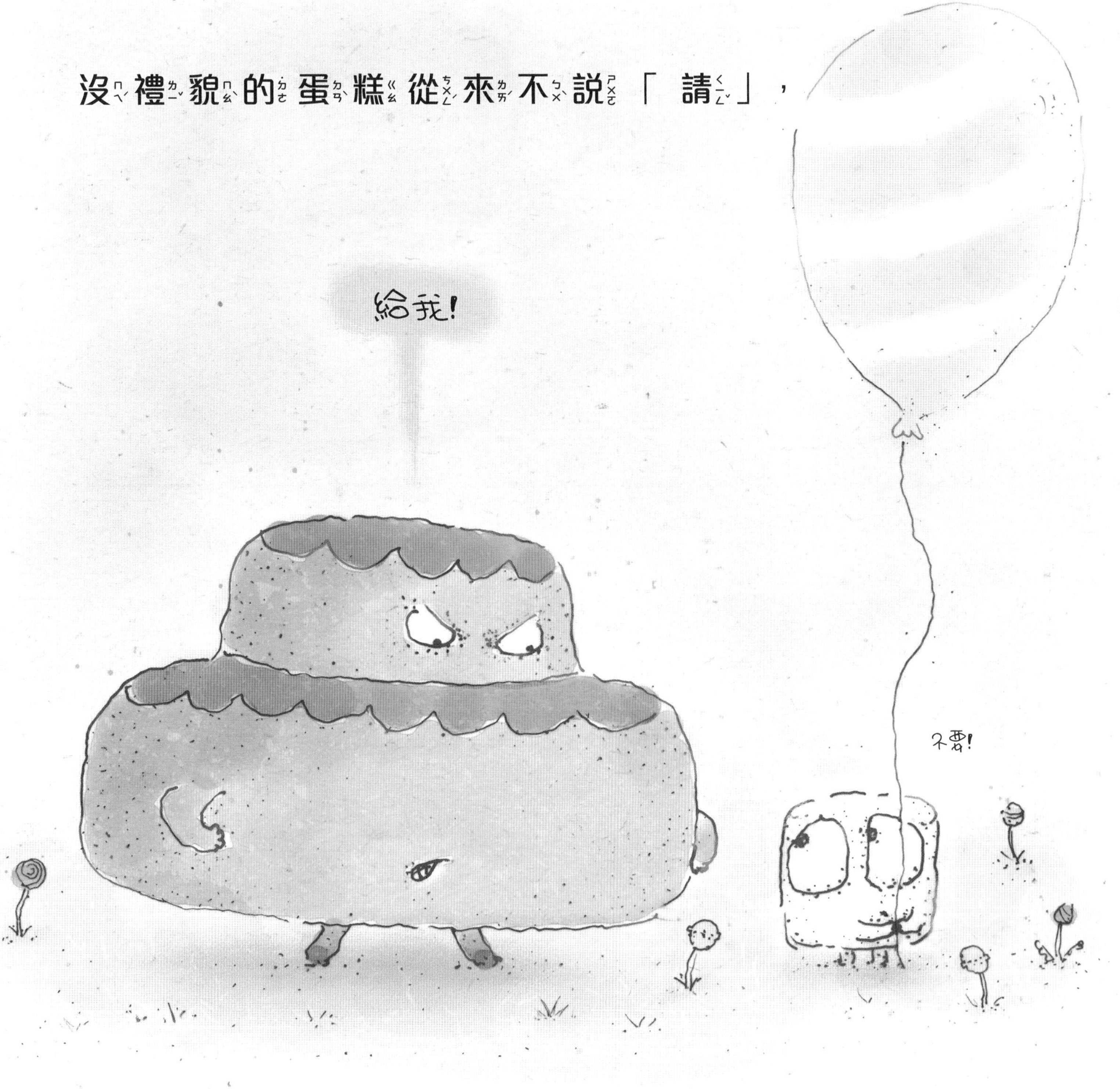

他們也從不說「謝謝」，

而且有時候，他們會拿走

不屬於他們的東西。

沒禮貌的蛋糕從不聆聽，

（尤其當爸媽的話聽來無趣的時候）

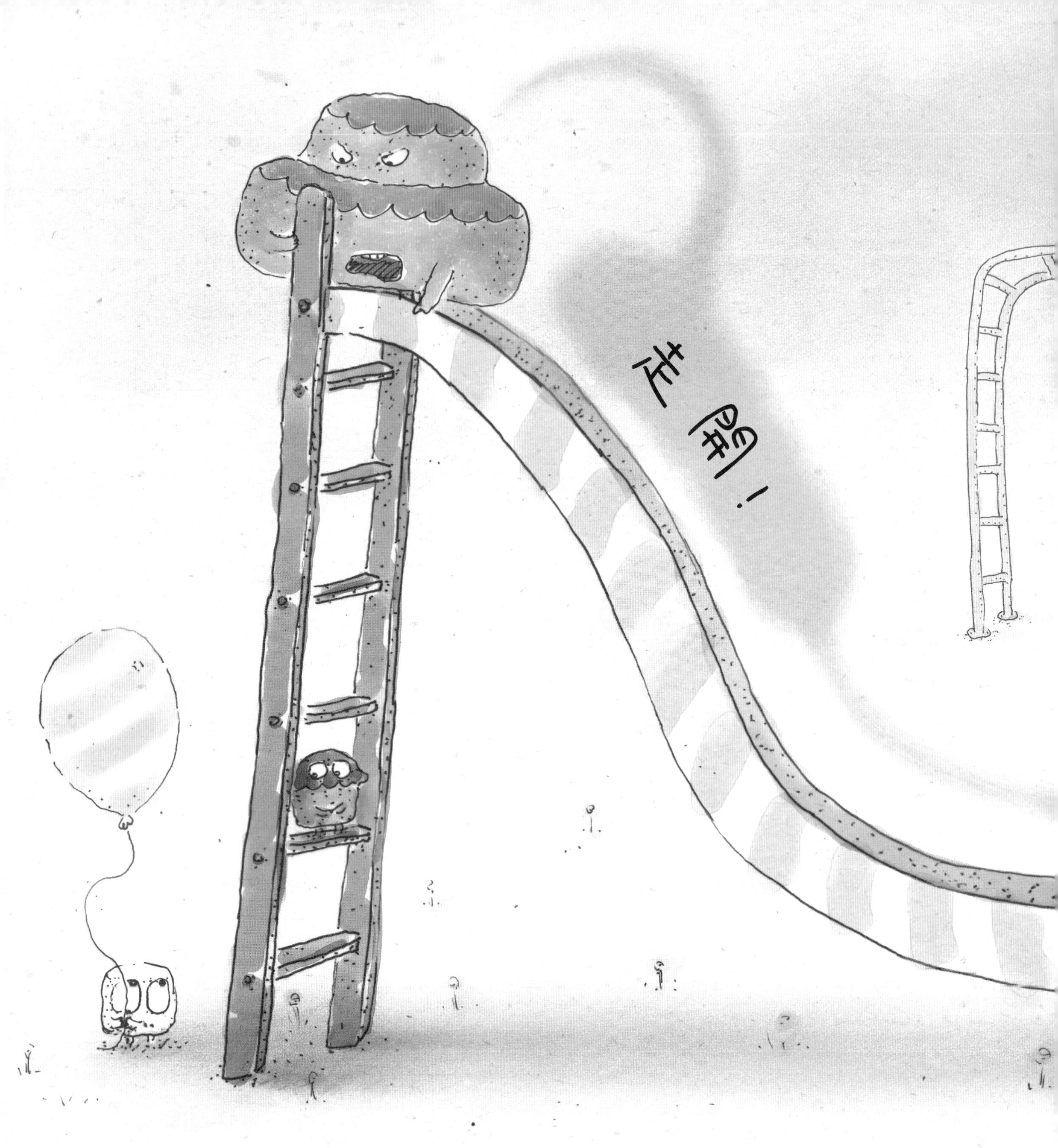
走開！

他們絕不排隊等候。

沒禮貌的蛋糕從不與人分享，

並且根本不會感到抱歉。

因為他們從不認為自己會錯。

他們還認為泡澡是件愚蠢的事，

而就寢時間正適合玩360°大翻圈。

怪異的是……

獨眼巨人！！！

喔！

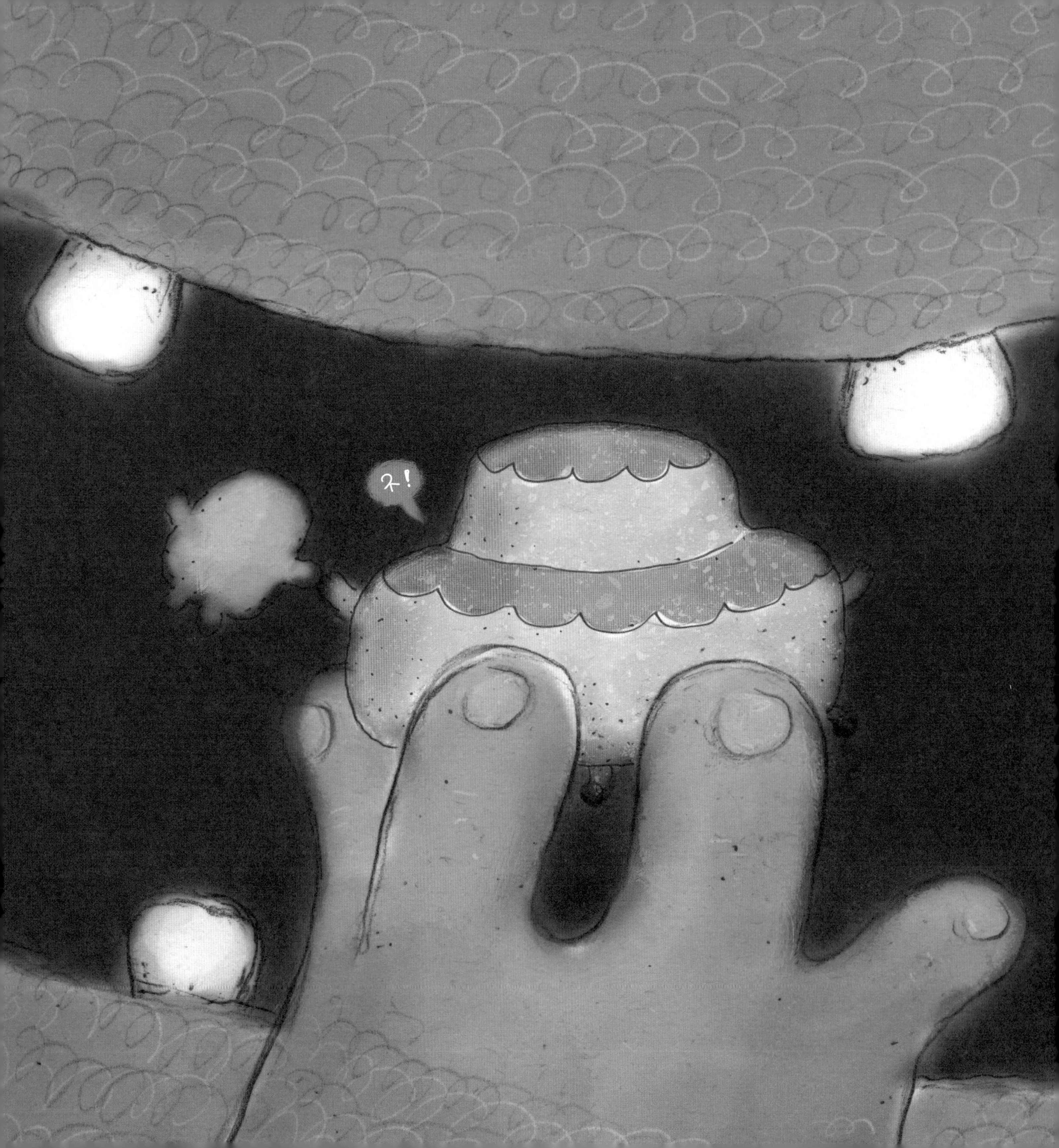
え!

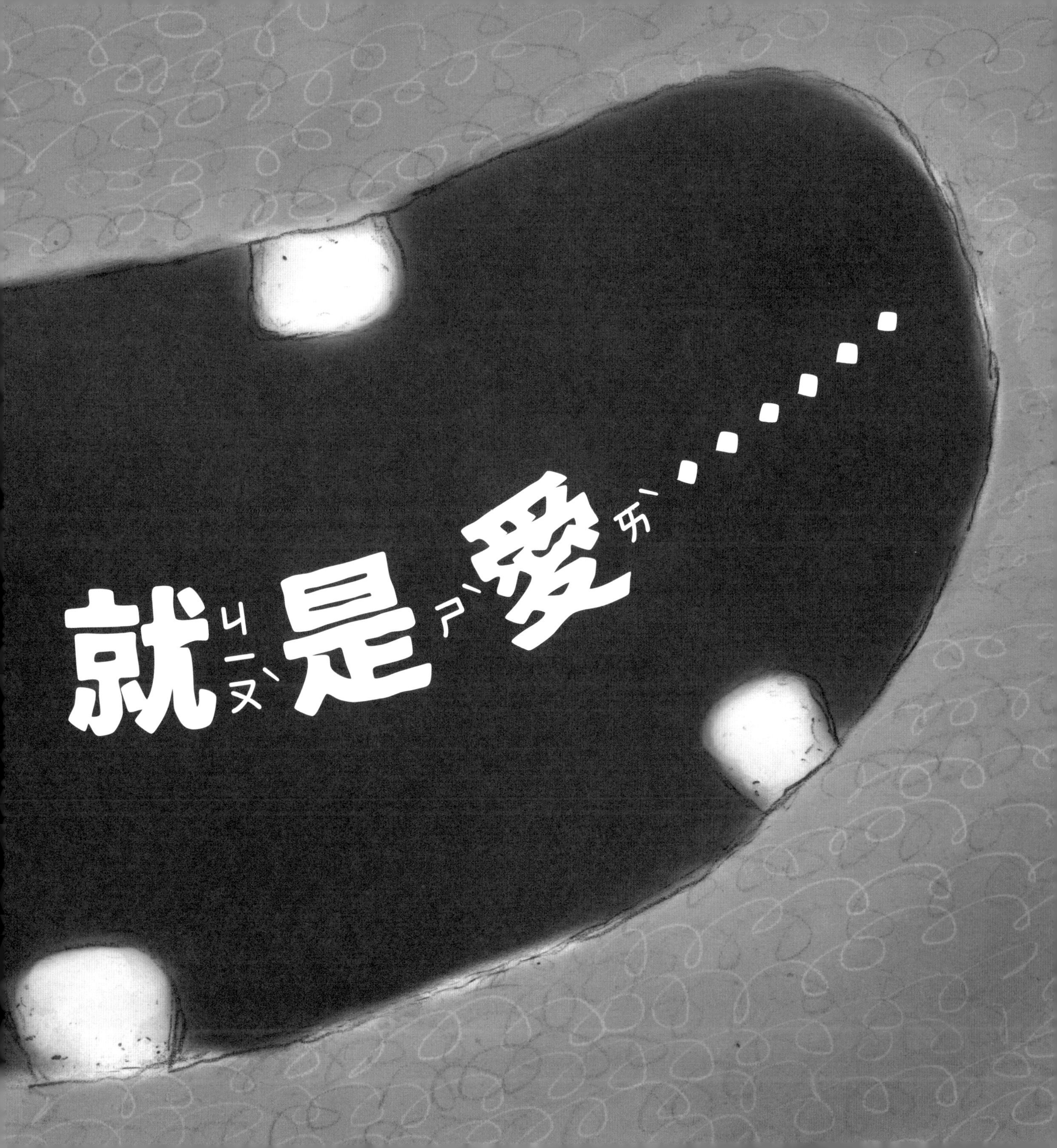

就是愛……

戴ㄉㄞˋ時ㄕˊ髦ㄇㄠˊ的ㄉㄜ˙小ㄒㄧㄠˇ帽ㄇㄠˋ子ㄗ˙。

什麼啊?

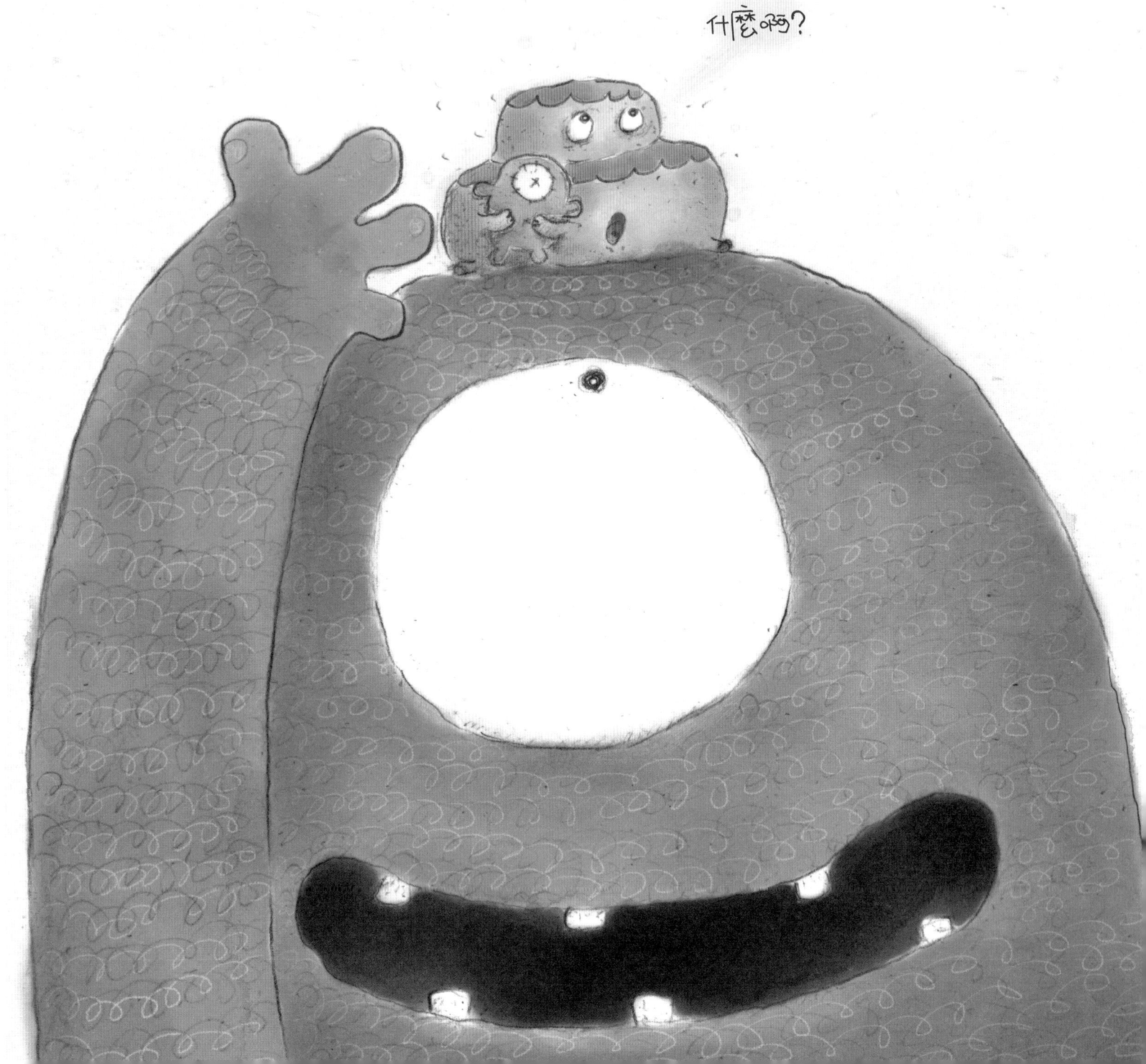

獨ㄉㄨˊ眼ㄧㄢˇ巨ㄐㄩˋ人ㄖㄣˊ總ㄗㄨㄥˇ會ㄏㄨㄟˋ說ㄕㄨㄛ「謝ㄒㄧㄝˋ謝ㄒㄧㄝˋ」，

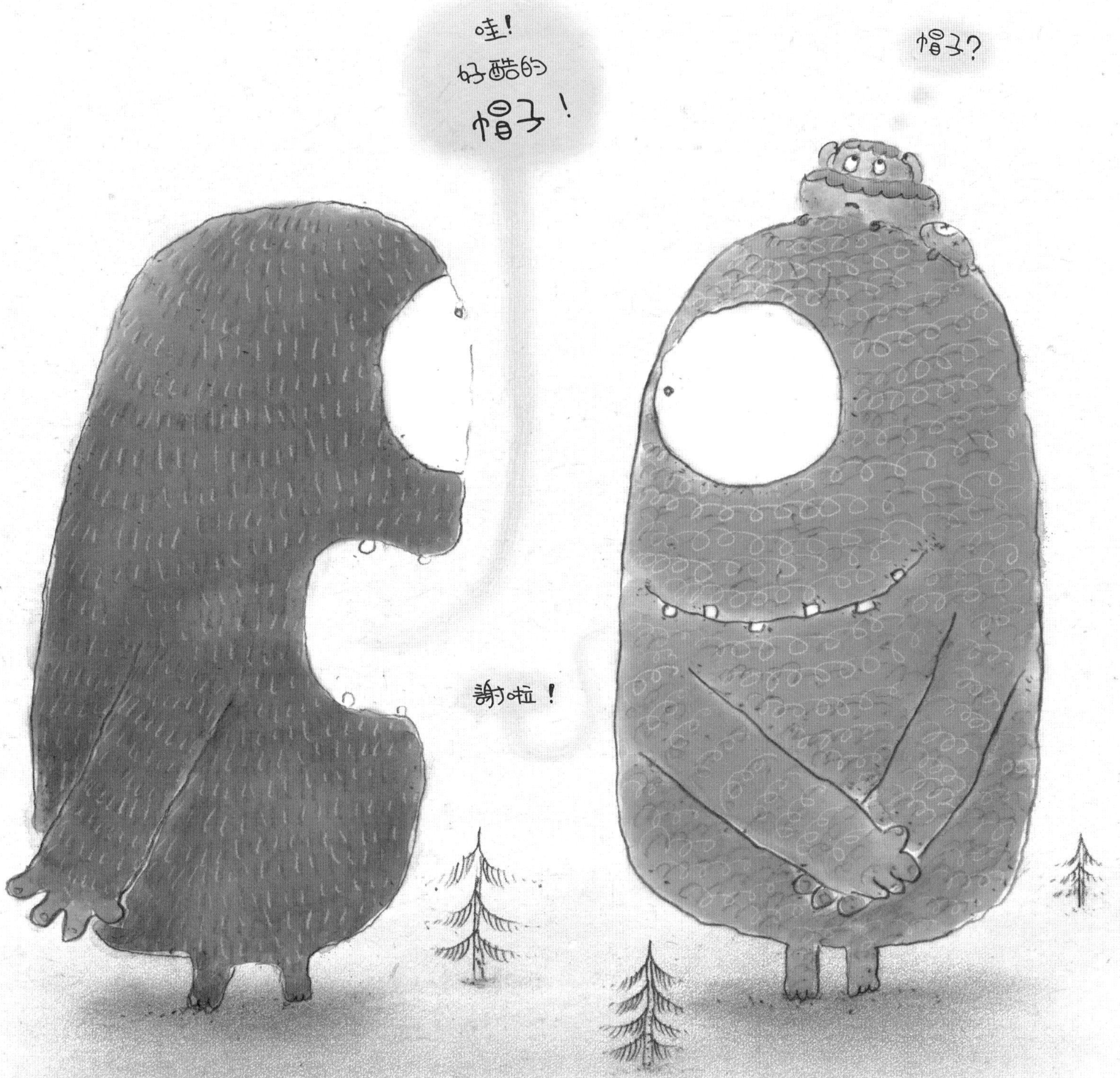

他們也都會說「請」，

他ㄊㄚ們ㄇㄣ還ㄏㄞ很ㄏㄣ愛ㄞ分ㄈㄣ享ㄒㄧㄤ。

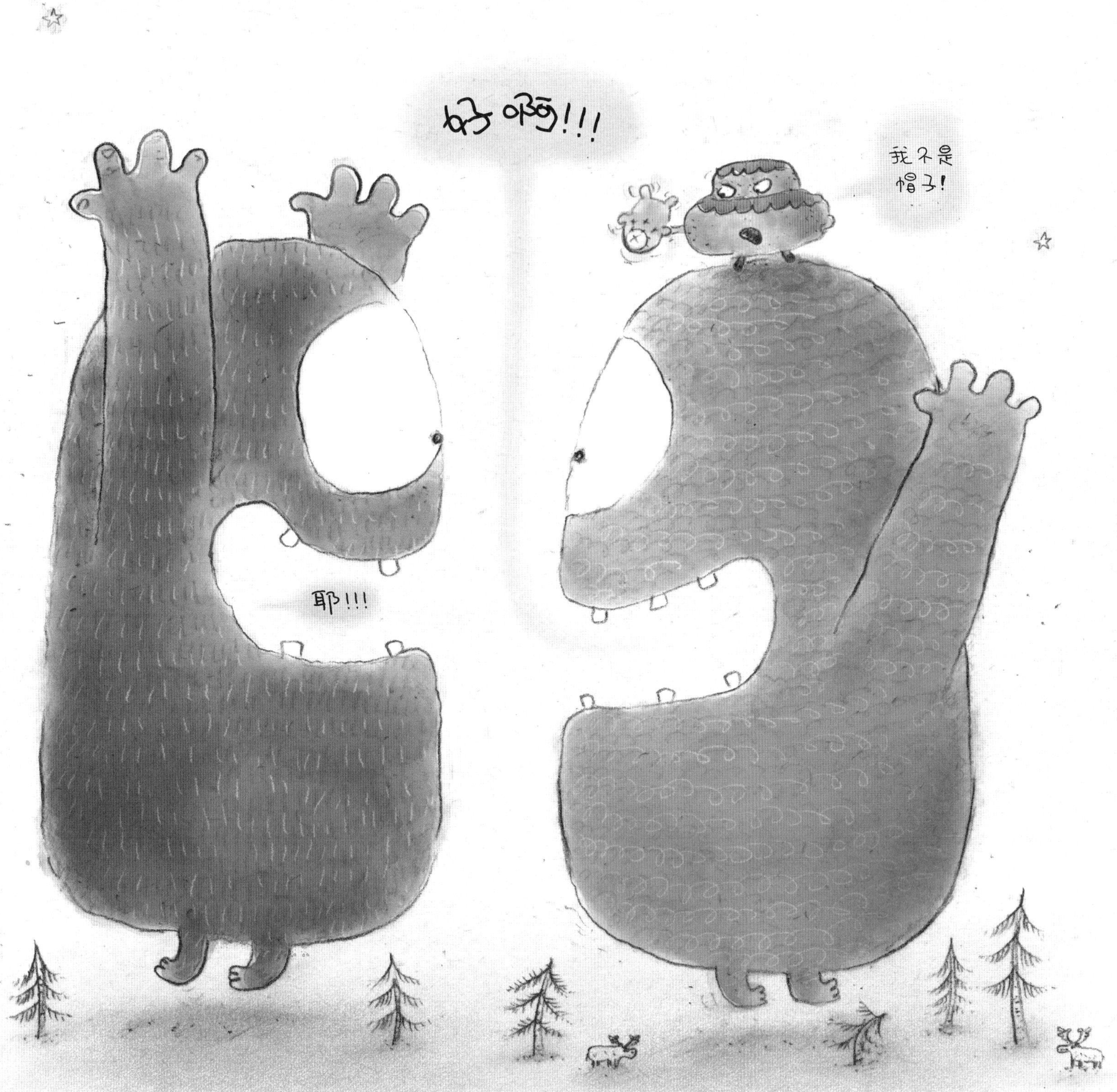

獨眼巨人們同樣熱衷排隊等候。

我聽說它會跳舞耶！
它真的會喔！
我好愛你那頂會跳舞的帽子！
我不是帽子！
謝啦！

拜託~~~~

當帽子有禮貌的請求時，獨眼巨人總會傾聽。

（即使獨眼巨人聽來是無趣的事）

當他們錯了，也一定會道歉。

對不起！
EYE SEE
YOU

而ㄦˊ再ㄗㄞˋ沒ㄇㄟˊ禮ㄌㄧˇ貌ㄇㄠˋ的ㄉㄜ˙蛋ㄉㄢˋ糕ㄍㄠ也ㄧㄝˇ是ㄕˋ能ㄋㄥˊ改ㄍㄞˇ變ㄅㄧㄢˋ的ㄉㄜ˙。

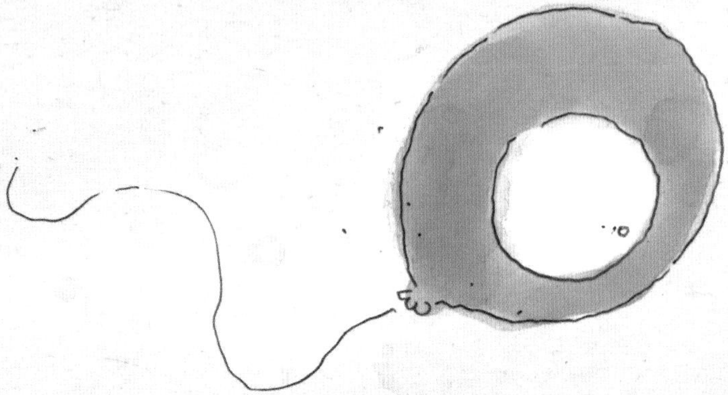